건너편 언덕의 숲

向う岸の森

작　데라구치 히사꼬　作　てらぐち ひさこ

번역　성 봉 숙　訳　成鳳淑

시 번역　가와하라다 노리코　詩 訳　川原田典子

弘 益 出 版 社

머리말

먼저 이 책을 선택해주신 여러분께 진심으로 감사드립니다.

"건너편 언덕의 숲"은 20대 때 창작한 저의 첫 작품입니다. 어릴 때부터 '평화'란 말이 마음에 스며들면서 사물을 바라봐 왔습니다. 어른이 되고나서 되돌아 본 동화에는 무서운 것들이 많고, '복수의 씨'가 싹을 틔울 수도 있겠다 라는 생각이 들기도 하여, 서로를 이해한다는 점을 중시하면서 건너편이라는 미지의 세계를 테마로 '건너편 언덕의 숲'에 착수하였습니다.

이 책을 출판하는데 있어서 협조해주신 분들, 특히 아낌없이 많은 도움을 주신 우메자와 미키 씨, 오카모토 케이코 씨, 이시다 아야 씨, 또 번역을 맡아주신 성봉숙 씨, 가와하라다 노리코 씨, 그리고 홍익출판사 사장님이신 김창석 선생님께 진심으로 감사를 드립니다.

마지막으로 이 책을 한일 대역으로 한 것은 양국의 화평을 바라기 때문입니다.

양국 간의 작은 징검다리가 되기를 바라면서...

전 세계 모두가 행복하시기를.

감사합니다.

데라구치 히사꼬

前書き

はじめに、この本を手にして下さった皆様に心から感謝いたします。

「向う岸の森」は20代の時に創作した私の初作です。幼いころから「平和」という言葉が心にとどまり、物事を見つめてきました。大人になって振り返り見る童話には恐いものが多く、復讐の芽を見ることもできるなあと感じ、理解し合うことと、向う岸という未知の世界をテーマに「向う岸の森」に着手しました。

この本を出版するにあたり、協力して下さった皆様、特に梅沢美貴さん、岡本恵子さん、石田彩さん、また翻訳をして下さったソン・ボンスクさん、川原田典子さん、そして引益出版社の社長、キム・チャンソク先生に心から感謝致します。

最後にこの本を韓国語と日本語の対訳にしたのは両国の「和平」を願うからです。

両国間の小さな架け橋になってくれることを心から祈りながら....

全世界の皆様が幸せであられますように。

ありがとうございます。

てらぐち　ひさこ

차례

目次

건너편 언덕의 숲

向う岸の森

강 건너 물가에 작은 수풀이 있었습니다.

밥그릇을 엎어 놓은 것 같은 모양을 한 그 수풀 한가운데에는 쭉 뻗은 아름다운 나무가 높이 우뚝 솟아 있었습니다.

그 수풀의 아름다움은 누가 보아도 별천지 바로 그것이었습니다. 누구나 한번 저 수풀에 가보고 싶다고 생각하고 있었지만, 그 마음을 가슴속 깊이 감추고 살고 있었습니다. 때문에 입 밖으로 내어놓고 말하는 사람도 없었습니다.

向う岸に小さな森がありました。

おわんを伏せたような形をしたその森の中心には、真っ直ぐに伸びた美しい木がそびえ立っていました。

その森の美しさは誰の目にも別世界そのものでした。誰もが一度はあの森へ行ってみたいと思っていましたが、その気持ちを胸の奥に秘めて暮らしていました。ですから、口に出して言う者はいませんでした。

건너편 물가에 제일 가까운 곳에서 꽃을 가꾸면서 가난하게 살고 있는 집이 있었는데, 시장에 꽃을 팔러 갈 적마다 딸아이에게

"저 수풀에는 절대로 가서는 안 돼."

하고 단단히 타일러 놓았습니다.

소녀는 다만 혼자 있을 때, 엄마와 아빠가 꾸중을 했을 때, 그 수풀을 바라보면서 마음을 달래곤 했습니다.

집이 가난해서 아무 곳에도 데려가 주지 못한 아버지와 어머니는 하다못해 조금이라도 맛있는 것을 먹여주고 싶어서 밤낮으로 열심히 일하고 있었습니다.

向う岸に一番近い場所で花を育てて細々と暮らしている家族がいましたが、町まで花を売りに行く度に、娘に
「あの森に決して行ってはいけないよ。」
と、言い聞かせていました。

女の子は一人ぼっちで居る時、お父さん、お母さんに叱られた時、その森を見て心を和ませていました。

家が貧乏でどこにも連れて行ってやれないお父さん、お母さんは、せめて少しでも美味しい物を食べさせてやりたいと朝から晩まで一生懸命に働いていました。

그러나 소녀는 어둡도록 일하고 있는 엄마 아빠의 뒷모습을 보고 한숨을 쉬면서 애석하게 생각했습니다.

소녀는 건너편 물가에 있는 저 아름다운 수풀에 마음이 이끌리고 있었습니다.

아침에는 언제나 수풀 한가운데 제일 높은 나무꼭대기에 오는 황금색으로 반짝이는 새를 보는 것이 큰 즐거움이었습니다.

しかし、女の子は暗くなるまで働いているお父さん、お母さんの後ろ姿を見て

「アーア」

と、溜息をついて口をとがらせていました。

女の子は向う岸のあの美しい森に憧れていました。

朝はいつも森の中心の一番高い梢に来る金色に光る鳥を見るのが楽しみでした。

소녀의 꿈을 싣고 오는 그 새는 언제나 소녀의 집 쪽을 향해서 지저귀는 것입니다.

오늘도 아침부터 건너편 물가의 아름다운 수풀을 바라보고 있는데 여느 때와처럼 어디에서 날아왔는지 황금빛 새가 한 마리 제일 높은 나뭇가지 꼭대기 둘레를 빙빙 두세 번 돌더니 나무꼭대기에 앉아서 아름답고 맑은 목소리로 울기 시작했습니다. 그 소리는 말로는 표현할 수 없는 아름다운 목소리입니다.

소녀는 그 소리를 들을 적마다 가슴이 두근거리는 것을 멈출 수가 없었습니다.

女の子の夢を乗せて来るその鳥は、いつも女の子の家の方を向いて鳴くのです。

今日も朝早くから向う岸の美しい森を見つめていました。すると、いつものように、どこから来たのか、金色の鳥が一羽、一番高い梢の周りをくるりくるりと二、三回まわるとその先に止まり、美しい澄みきった声で鳴きだしました。それは言いようのない美しい声です。

女の子はその声を聞く度に、胸の中でどきどきするものを止めることができませんでした。

그리고 언젠가는 건너편 물가에 있는 꿈과 같은 세계에 가보고 싶다고 생각하게 되었습니다. 저 수풀에는 틀림없이 좋은 것이 많을 거라고 생각만 해도 가슴이 벅차올랐습니다.

어느 날이었습니다. 소녀는 아침 일찍 일어나자 건너편 물가에 있는 작은 수풀을 바라보고 있었습니다. 그러자 어찌 된 일일까요, 황금색 새는 여느 때와 같이 빙글빙글 도는가 했더니 갑자기 그대로 곤두박질하면서

そして、いつか向う岸の夢の世界へ行ってみたいと思うようになりました。あの森にはきっといいことがいっぱいあるにちがいない、と、思うだけで胸がいっぱいになりました。

ある日のことです。女の子は朝早く起きると、向う岸の小さな森を見つめていました。すると、どうしたことでしょう。金色の鳥はいつものようにくるりくるりと回ったかと思うと急にそのまま真っ逆さまに森の中へ落ち

수풀 속으로 떨어졌습니다. 소녀는 깜짝 놀라

"앗"

하고 외마디 소리를 지르면서 자기도 모르게 숨이 멈춘 것 같았습니다. 그리고 소녀의 머릿속엔 오직 황금색 새가 어떻게 되었을까 하는 생각뿐 이였습니다.

집 단단히 꼭 잘 보라는 말, 저 수풀에 절대로 가서는 안 된다는 엄마 아빠의 말은 아랑곳없었습니다.

ていきました。女の子はびっくりして

「アッ」

と、息をのみました。そして金色の鳥のこと

で頭がいっぱいになりました。

お父さんとお母さんが町まで花を売りに行

く時に

「しっかり留守番をしているんだよ。」

と言われた言葉もうわの空でした。

오직 황금 새뿐이었습니다. 엄마 아빠가 집을 떠나자 소녀는 곧바로 빨간 바구니를 들고나와 그 속에 점심 식사용 빵과 쿠키를 채우자 뜰에서 뛰어놀고 있는 개를 불렀습니다.

"지금부터 건너편 물가의 수풀로 갈 거야. 너와 함께라면 길을 헤매는 일도 없겠지. 저녁 때까지 돌아오면 엄마 아빠는 모를 테니깐."

하고 말했지만 개는 소녀의 치맛자락을 입에 물고

"엄마와 아빠 말을 잘 들어야 하는데…."

하면서 멍멍하고 짖었습니다.

二人が見えなくなると、女の子は急いで赤いバスケットにお昼のパンとクッキーを詰めて庭で走り回って遊んでいる犬の名前を呼びました。

「これからあの森へ行こうと思うの。お前と一緒なら道に迷うこともないからね。夕方までに帰っていれば分からないことだから。」

と、言いましたが、犬は女の子のスカートをくわえて

「お父さんお母さんの言いつけを守らないといけないよワンワン。」

と、吠えました。

그러나 소녀는 이미 마음속으로 결정하고 있었으므로 도저히 단념할 수 없었습니다. 하는 수 없이 개도 뒤따라갔습니다.

봄날의 시냇물에는 푸른 하늘과 흰 구름이 떨어졌다가 붙었다 하고 있었습니다. 소녀는 처음으로 냇물을 건너기 때문에 물이 흐르는 것만 보아도 눈이 뱅뱅 도는 것 같았습니다. 개 등을 잡고서 겨우 건너편 물가에 다다랐습니다.

しかし、女の子はもう心に決めていましたから、どうしても、諦めることができません。とうとう犬も後からついて行きました。

春の小川には青い空と白い雲がちぎれたりくっついたりしていました。女の子は初めて川を渡るのですから、川の流れを見ているだけで目が回りそうでした。犬の背中につかまりながら、やっと向う岸にたどり着くことができました。

벌써 눈앞에는 꿈에서까지 보아왔던 수풀이 펼쳐져 있습니다. 소녀는 빨려 들어갈 듯이 뒤돌아보지도 않고 그 숲 속으로 들어갔습니다.

"황금 새는 어디 있는 거야?"

하고 마음속으로 외치면서 여기저기 찾았으나 어디에도 황금 새는 보이지 않습니다.

어느 정도 걸었을까요. 소녀도 개도 지칠 대로 지쳐버려서 큰 나무 그루터기에 앉아서 쉬기로 했습니다. 그리고 숲 속을 둘러보니

"그렇게도 작은 수풀이었는데……. 걸어도 걸어도 끝도 없고 깊어가기만 하네.

もう目の前には夢にまで見た森が広がり、女の子はのみ込まれるように後も見ないでその森の中に入って行きました。

「金の鳥は何処にいるの。」

と心の中で叫びながらあっちこっち探しましたが、何処にも金の鳥は見当たりません。

どのくらい歩いたでしょうか。女の子も犬もくたびれてしまい、大きな木の切り株に腰を下ろし、休むことにしました。そして、森の中を見渡すと、

「あんなに小さい森だったのに歩いても歩いても森は深くなるばかり。一体どうしたこと

도대체 어떻게 된 것일까?"
하고 불안해지기 시작했습니다.

점점 마음이 초조해지면서 황금 새 찾는 것은 단념하고 집으로 돌아갈 생각도 했습니다만, 여기까지 왔는데 점심이나 먹고 나서 조금만 깊숙이 들어가 보고, 그래도 찾을 수 없을 때는 단념하기로 하고, 갖고 온 빵을 개와 반씩 먹었습니다. 쿠키도 나누어 먹었습니다.

배가 불러진 소녀와 개는 많이 걸었기 때문에 피곤해서 잠시 누웠는데 어느새 꾸벅꾸벅 졸기 시작했습니다.

だろう。」

と、不安になりだしました。

だんだん心細くなってきて金の鳥を探すのは止めて家へ帰ろう、と、考えましたが、せっかくここまで来たのだから、お昼を食べてからもう少しだけ奥の方へ行って、それでも見つからない時は諦めようと決めて犬とパンを半分ずつ食べました。クッキーも分けて食べました。

お腹いっぱいになった女の子と犬は、歩き疲れた体を横にすると、いつのまにか、こっくりこっくり、居眠りを始めました。

그리고 마침내 깊은 잠에 빠져버렸습니다.

소녀와 개가 잠에서 깨어났을 때는 벌써 수풀 속은 어둑어둑해져 있었습니다.

소녀는

"아차"

하고 생각하는 동시에 벌벌 몸서리가 났습니다. 빨리 이 숲을 빠져나가지 않으면 길을 찾을 수 없게 됩니다. 소녀와 개는 왔던 길을 옆도 돌아보지 않고 마구 달렸습니다.

그런데 어찌 된 일인지 달려도 달려도 회전 등롱처럼 뱅글뱅글 돌아서 또다시 제자리에 오게 되는 것입니다.

そして、とうとう、そのままぐっすりと眠りこんでしまいました。

女の子と犬が目を覚ました時には、もう森の中は薄暗くなっていました。

女の子は

「しまった。」

と、思うのと同時にブルブルと、身震いをさせました。早くこの森を出ないと道が分からなくなってしまいます。女の子と犬は元来た道を一目散に走り出しました。

ところが、どうしたことでしょう。走っても走っても、まるで回り灯籠のようにぐるぐる回ってまた元の場所に戻ってしまうのです。

소녀는 이제 무서워서 비명 지를 지경이지만 너무나 무서워서 비명조차 나오지 않고 울고 싶어도 눈물조차 나오지 않습니다. 이토록 엄마 아빠가 그리워 본 적은 없었습니다.

"아아, 엄마 아빠" 하고 마음속으로 외쳤습니다.

"지금쯤 얼마나 걱정하시면서 나를 찾고 있을지 몰라. 그렇게도 수풀에는 가면

女の子はもう怖くて怖くて悲鳴をあげそうになるのですが、あまりの恐さに悲鳴さえあげることもできず、泣きたくても涙さえ出ません。こんなにお父さんお母さんを恋しく思ったことは今まで一度も無かったので

「あー、お父さん、お母さん。」

と、心から叫びました。

「今頃はどんなに心配して私を探しているか知れない。あんなにあの森へ行ってはいけな

안 된다고 말하셨는데, 말을 듣지 않았던 나에게 하나님이 벌을 내리셨음에 틀림없어."
하고 자신을 꾸짖었습니다.

이제 한 발자국도 걸을 수 없을 정도로 지칠 대로 지쳐버린 소녀와 개는 커다란 나무 그루터기 속에 들어가 엄마 아빠가 찾아와 주기를 기다릴 수밖에 다른 방법이 없습니다. 소녀는 빨간 도시락 바구니를 눈 대중 삼아 나뭇가지에 걸어 놓고 두 손 모아서 1분 1초라도 빨리 엄마 아빠가 찾아와 주기를 빌었습니다. 그 후 몇 시간이 지났는지 아무도 찾아오는 사람도 없고 배도 고파져 오고,

いよ、と言われていたのに言うことをきかなかった私に神様が罰を与えられたのだわ。」
と、思い苦しみました。

もう一歩も歩けない程走り疲れ果て、女の子と犬は大きな切り株の中に入り、お父さんとお母さんが迎えに来てくれるのを待つ他に方法はありません。女の子は赤いバスケットを目印に木の枝に下げると手を合わせて一分でも早く見つけてくれるようにと祈りました。それから何時間経っても誰の来る様子も無く、お腹も空いてくるし、女の子は犬と抱き合っ

소녀는 개를 껴안고 잠이 들어버렸습니다.

드디어 아침이 되어도 엄마 아빠는 찾아와 주지 않았습니다. 수풀 속 아침은 흰 안개로 자욱했습니다. 하늘을 쳐다봐도 푸른 나무 사이에 푸르스름한 것이 보일 뿐입니다.

어제 아침까지만 해도 건너편 물가인 이 수풀을 꿈나라라고 믿고 매일 아침마다 황금새가 우는 소리에 가슴을 울렁거리게 한 것이 마치 거짓말처럼 어디를 둘러보아도 나무가 널어서 있을 뿐 새 한 마리는커녕 벌레 한 마리도 보이지 않습니다.

이 수풀은 보통 수풀이 아닌 것 같습니다.

て眠るしかありませんでした。

　とうとう朝になってもお父さんお母さんは迎えに来てくれませんでした。森の朝は、白いもやが立ち込めていました。空を見上げても緑の木の間に青白いものが見えるだけです。

　昨日の朝までは向う岸のこの森を夢の国だと信じて毎朝金の鳥の声に胸をどきどきさせていたのが、嘘のようにどこを見渡しても木が並んでいるだけで小鳥一羽どころか虫一匹居ません。

　この森は普通の森ではなさそうです。

그런데 소녀는 어제저녁에는 어두워서 길이 잘 보이지 않았지만, 이 안개가 걷히면 틀림없이 길을 알게 될 거라고 마음 한구석에서 약간 마음이 놓였습니다. 그때입니다.

"푸석"

하는 소리에 겨우 가라앉은 가슴이 터질 것 같이 놀랐습니다. 두근거리는 가슴을 안고 살펴보니 안갯속에 빨간 바구니가 굴러져 있고, 그 옆에 황금빛 다람쥐 한 마리가 꿈적도 않고 소녀 쪽을 바라보고 있는 것이 보였습니다.

가만히 보니 발에 상처가 있었습니다.

しかし、女の子は、夕べは暗くて道がよくわからなかったけど、このもやが晴れたらきっと帰り道も分かるはずだわ、と、胸の奥で思い一安心しました。

その時です。ガサッという音がして今一安心したばかりの胸がはち切れそうになりました。目を見張って見ると、白いもやの中に赤いバスケットが転がり落ちて、その横に金色をしたリスが女の子の方をじっと見ていました。

よく見ると足に怪我をしています。

소녀는 다람쥐를 살짝 감싸 안고 빨간 바구니에 넣어서 나뭇잎에 고인 이슬을 모아서 그 상처를 씻어 주었더니 다람쥐는 바구니 안에서 안심하듯이 잠들었습니다.

안개는 어느덧 걷히고 하늘도 길도 잘 보이게 되었습니다. 소녀는 개와 함께 집에 돌아가는 길을 찾아 걸어갔습니다.

조금 가니까 나무와 나무 사이에 조그마한 호수가 보였습니다. 그것은 눈을 번쩍 뜨게 할 만큼 아름다운 금빛 호수였습니다.

소녀는 빨려 들어갈 듯이 호수 가까이 갔습니다. 개는 꼬리를 아래로 둥글게 말아서

女の子は金色のリスをそっと抱き上げると赤いバスケットの中に入れ、木の葉に溜まった露を集めてその傷を洗ってやりました。

金色のリスはバスケットの中で安心して眠りました。

森の中のもやは、いつの間にか消え空も道も見えてきました。女の子は犬と一緒に帰り道を探し歩きました。

しばらく行くと木の間に小さな湖が見えました。それは目を見張るような美しい金色の湖でした。

女の子は吸い寄せられるようにその湖の渕まで行きました。犬はしっぽをくるりと下に

조심조심 물가로 따라왔습니다. 호수 수면에는 소녀의 모습도 개의 모습도 거울을 들여다보듯이 선명하게 비취어지고 있습니다. 소녀와 개는 맑은 황금빛 물을 양손으로 모아 담아서 정신없이 마셨습니다.

소녀와 개가 잠에서 깨어났을 때는 새빨간 램프 불이 밝게 켜져 있는 방안이었습니다. 호숫물을 마시고 난 뒤에 일어난 일들은 아무리 생각해도 생각이 나질 않았습니다.

옆에 잠들고 있는 개를 깨워서 밖에 나가려고 했지만, 방문에는 자물쇠가 채워져 있어서 아무리 열려고 해도 꿈적도 하지 않습니다.

巻いておそるおそる近づきました。湖の水面には女の子の姿も犬の姿も鏡の中を覗いているようにはっきりと映し出されています。女の子と犬は、この澄み切った金色の水を手ですくうと夢中で飲みました。

女の子と犬が目覚めた時は、赤々とランプの灯った家の中に居ました。湖の水を飲んでから先のことはどんなに考えても思い出しませんでした。

となりで眠っている犬を起こして外に出ようとしましたが、戸にはカギが架かっていてどんなに力を入れてもビクともしません。

창밖은 벌써 어두움이 깔려 나무들이 반짝이는 별을 두세 개씩 싸잡고 있었습니다. 소녀는 드디어 단념하고 또 잠을 청했습니다. 개도 창밖에서 아침 햇살이 비취일 때까지 푹 잤습니다.

어디서인가

"잘 잤니?"

하는 소리가 들려온 것 같더니 잠겼던 문이 열리면서 키가 큰 할머니와 그 옆에는 머리가 긴 소녀가 서 있었습니다.

소녀는 발에 상처가 있었습니다. 말문이 막힐 정도로 놀라서 눈이 둥그레져 있는 소녀와

窓の外には黒い木々が、よく光る星を二つ三つつかまえています。女の子はとうとう諦めてまた眠りました。犬も窓から朝日が差し込むまでぐっすり眠りました。

どこからか

「良く眠れたかい。」

と、言う声が聞こえたかと思うと部屋のカギが開けられ、背の高いおばあさんとその横には髪の長い女の子が立っていました。

女の子は足に怪我をしていました。口も利けない程びっくりして目をまんまるくしてい

개 앞에는 매우 호화롭고 맛있게 보이는 음식들이 나왔습니다. 뱃속에서는 꼬르륵꼬르륵하고 밥벌레가 요동을 칩니다.

소녀도 개도 잔뜩 먹었습니다. 식사를 마치는 것을 기다렸다는 듯이 할머니는 황금빛 지팡이를 하늘을 향하게 하더니

"자, 잘 가."

하면서 이번에는 소녀와 개를 가리켰습니다. 그러자 어찌 된 일일까요. 몸이 훨훨 공중에 뜨는가 했더니, 어느새 몸 전체가 황금빛 깃털로 덮여 버린 것입니다.

る女の子と犬の前には、たいそう豪華な食事が出され、お腹の虫がグウグウ鳴くのが聞こえました。

　女の子も犬もお腹いっぱい食べました。食べ終わるのを待っていたように、おばあさんは金色の杖を天に向け

「さあ、お行き。」

と、言って今度は女の子と犬に指しました。

すると、どうしたことでしょう。体がふわりと宙に浮いたかと思うといつの間にか体中が金色の羽根で覆われているではありませんか。

할머니는 마법을 써서 소녀와 개를 황금색 새로 만들어 버린 것입니다.

너무나 갑작스러운 일을 당해서 그저 멍하니 입을 벌리고 있는 소녀와 개에게

"귀여운 아이들이여, 오늘부터 너희들은 수풀 아이가 된다. 해가 떠 있는 동안은 새가 되어서 수풀 속에 놀고 있어도 좋지만, 해가 지기 전에 꼭 여기 돌아오너라. 그렇게 하지 않으면 밤에는 마법이 풀려서 원래 모습으로 돌아간다. 다시 말하지만 도망가려고

おばあさんは魔法を使って女の子と犬を金の鳥にしてしまったのです。

あまりに突然すぎて口をぽかんと開けている女の子と犬に

「可愛い子供達よ、今日からお前達は森の子だよ。お日さまが出ている間は鳥になって森の中を遊んでいられるけど、日が落ちる前には必ず帰っておいで。そうでないと夜には魔法が解けて元の姿になるんだよ。くれぐれも言っておくけど逃げようとしてもだめだよ。

해도 소용없어. 저기 황금 호수가 보이지. 저것은 거울 호수야. 수풀 속이 훤하게 비쳐 있기 때문에 만일 달아나는 날에는 황금 새가 되어 날기는커녕 벌레나 부엉이로 만들어 버릴 거야. 그래도 또 달아나려고 하면, 이번에야말로 움직일 수 없는 나무가 되어 버릴 테니깐 잊지 말아야 할 거야. 알겠지." 하고는 옆에 있던 머리가 긴 소녀에게도 마법을 걸어서 황금 새로 만들어 버렸습니다.

세 마리가 된 황금 새는 함께 수풀 속으로 날아갔습니다.

이 가지에서 저 가지로 날아다녔습니다.

ほら、あそこに金色の湖が見えるだろう。あれは鏡の湖なんだよ。森の中が全部映っているのだから、もし逃げ出そうとしているのが分かった時は金の鳥になって飛べるどころか毛虫にだってふくろうにだってしてしまうからね。それでもまだ逃げ出そうとするなら今度こそ身動き出来ない森の木になってしまうのだからね。よく覚えておくんだよ。」
とおばあさんは言い終わると、そばにいた髪の長い女の子にも魔法をかけて金の鳥にしてしまいました。

　三羽の鳥は一緒に森の中に飛んで行きました。

　枝から枝へ渡って行きました。

높이 높이 날아오르기도 했습니다. 아래는 거울 호수가 반짝거리고, 하늘에는 흰 구름이 생겼다가 흘러가곤 했습니다. 세 마리의 새는 수풀 한가운데에 있는 가장 높은 나무 꼭대에 앉아 수풀 밖을 둘러보았습니다.

수풀 끝쪽 건너편이 보이고, 작은 집 한 채가 있었습니다.

집 둘레에는 아름답게 가지각색으로 만발하고 있는 꽃들이 눈에 배여 들어가는 것 같았습니다. 집 뒤쪽에는 높은 언덕이 울창하게 푸른색으로 깔려져있어 그것은 마치 그림처럼 아름다운 경치입니다.

高く高く舞い上がりました。下には鏡の湖が光っています。空には白い雲が生まれては流れて行きました。三羽の鳥は森の真ん中の一番高い梢の周りを一緒に回りました。そして、その先に止まると森の外を見渡しました。

森の外れに向う岸が見えました。川の渕に小さな家が一軒建っていました。

その家の周りには綺麗に咲きほこった色とりどりの花が目に沁みるほどです。家の後ろには小高い丘がこんもりと緑を敷きつめて、それはそれは、絵のように美しい景色です。

소녀의 눈에서 눈물이 뚝뚝 떨어졌습니다. 그 집은 그립고 그리운 소녀의 집이었기 때문입니다.

엄마, 아빠도 보입니다.

"엄마, 아빠!"

하고 열심히 크게 불렀습니다.

그러나 엄마, 아빠에게는 새소리만 들릴 뿐이겠지요. 긴 머리 소녀도

"엄마, 아빠!"

하고 부르면서 울었습니다. 목이 쉬도록 울었습니다.

그리고 둘은 서로 마주 보고 말했습니다.

女の子は涙をポロポロ流しました。それは懐かしい自分の家だったからです。

お父さんお母さんも見えます。

「お父さーん、お母さーん。」

女の子は一生懸命に大きな声で叫びました。

しかし、向う岸のお父さんお母さんには、鳥の声が聞こえるだけで鳥の言葉が分かるはずもありません。長い髪の女の子も

「お父さーん、お母さーん」

と、泣きだしました。声がかれるまで泣き続けました。

そして、二人は声を合わせて言いました。

"언니는 나의 친언니. 너는 나의 친동생."
그리고는 또다시 울었습니다.

잠시 후, 언니가 이야기를 시작했습니다.

"네가 아주 어렸을 때…."
하고는 가슴에 손을 얹고 말했습니다.

여느 때와 같이 저 수풀에는 절대로 가서는 안 된다고 말하셨는데, 어느 날 가고 싶은 마음을 견디지 못하고 그만 수풀 속에 들어가서 나오지 못하게 된 일, 요술쟁이 할머니는 사실 이 수풀 산신령이고 몇 천 년이나 긴 세월을 계속 살아오면서 쓸쓸함을 달래기 위해 우리들을 붙잡았다는 것,

「あなたは私のお姉さん、あなたは私の妹。」
そして、又泣き出しました。
　しばらくして、お姉さんは話しだしました。
「あなたがまだ赤ちゃんの頃だったわ。」
と、胸に手を当てて言いました。
　いつもお父さん、お母さんにあの森へ行ってはいけないよ、と、言われていたのに、ある日、とうとう我慢が出来なくなってこの森に入り、出られなくなってしまったこと、魔法使いのおばあさんは、実は、この森の精霊で何千年もの長い間生き続けていて、寂しさを紛らわす為に私達を捕まえたこと、何度か

몇 번이나 도망가려고 했지만, 그때마다 별의별 동물로 바뀌게 되었고 어제 황금색 다람쥐도 언니였다는 것, 수풀의 나무가 된 사람도 있다는 것,

그리고

"햇님이 이 수풀 딱 한가운데에 있을 때 도망갈 길을 찾았지만, 미로가 되어 있어서 도망가려고 해도 도중에서 죽게 될 뿐."

이라고 말했습니다.

언니는 숨 쉴 사이도 없이 이야기를 끝내자, 눈 깜빡하지도 않고 듣고 있던 동생 손을 잡고

逃げようとしたがその度に色んな動物に変えられたこと、昨日の金のリスもお姉さんだったこと、森の木になってしまった人もいること、そして

「お日さまが森のちょうど真ん中に登った時に逃げ道を探したけれど、迷路になっていて逃げようと思っても途中で死ぬだけだわ。」

とも言いました。

お姉さんは息もつかずに話し終わると、まばたき一つしないでいる妹の手を取ると

"내가 여기 와서 5년 동안 사이에 알게 된 일이 있어. 잘 봐. 이 나뭇잎 색깔은 다른 색깔하고는 다르지? 언제나 이 나무에 앉을 때마다 이상하다고 생각했는데 건드려 본 적이 있었어. 하지만 나무가 딱딱해서 아무리 애써도 잎사귀를 떨어트릴 수가 없었어. 가을이 되어 다른 나무는 가지가 말라도 이 나무만은 잎사귀 하나 떨어지지 않았거든. 그리고 이틀 전에 일인데."

하고는 또다시

"이것 좀 봐."

「でも私がここに来て五年の間に分かったことがあるの。ごらんなさい、この木の葉の色を。他の色と違うでしょう。いつもこの木に止まる度に不思議だなあと思って、つついてみたことがあるの。でも堅くて堅くてどうしても落とすことが出来なかったわ。秋になって他の木が枯れ枝になっても、この木だけは一枚の葉も落とさなかったわ。そして二日前のことよ。」

と、言ってまた

「ごらんなさい。」

하고 나무 끝에 나온 부드러워 보이는 새싹을 가리키며 말했습니다.

“이거라면 떨어트릴 수 있을지도 모를까 생각하고 건드려 봤더니, 그때 갑자기 황금색 지팡이가 훽 날아와서 내 다리에 맞더니, 그대로 수풀 속으로 곤두박질하면서 떨어졌어. 그리고는 두 번 다시 그런 나쁜 짓 하지 말라는 뜻으로 황금빛 다람쥐로 변신 당해 버렸지. 그 후 다시 황금빛 새가 되어 너희들과 만나게 되어 함께 날 수 있게 되었지만, 너희들도 나쁜 짓을 못하도록 엄한 지시를 받았어.

と、木の先に出た軟らかそうな新芽を指して言いました。

「これなら落とせるかもしれないと思ってついてみたの。そしたら金の杖がピューっと、飛んできて私の足に当たってそのまま真っ逆さまに森の中に落ちてしまったの。そして二度と悪いことをしないようにと、金色のリスにさせられてしまったの。又金色の鳥になってあなた達と一緒に飛べるようになったけど、あなた達にも悪いことをさせないようにと、きつい言いつけを受けたわ。

아무래도 저 할머니는 이 나무의 지킴이가 아닌가 하는 생각이 들었어."

하고 말했습니다. 그리고

"앞으로도 이 나무에 관한 것을 잘 알아보고, 어떻게든 달아날 방법을 찾아보도록 하자."

고 말했습니다.

그럭저럭 반년이 지났습니다.

수풀 색깔도 바뀌고, 셋은 낮 동안은 새가 되어 날아다니고, 밤에는 원래 모습으로 돌아와 있었습니다.

どうもあのおばあさんはこの木の精霊ではないかと思うのよ。」

と、言いました。そして

「これからも、この木のことを調べて、どうにか逃げだせる方法を考えましょう。」

と、言いました。

　やがて、半年が過ぎました。

　森の色も変わり、三人は昼間は鳥になって飛び回り、夜には元の姿に戻りました。

빠져나갈 방법도 찾지 못한 채로 하루라도 빨리 집에 돌아가고 싶은 마음으로 살고 있었습니다.

비 오는 날도 바람이 부는 날도 높은 나무 꼭대기에 앉아서

"엄마, 아빠!"

하고 계속 불렀습니다.

세 마리 새가 흘린 눈물로 부드러웠던 새싹도 꽤 큰 잎사귀를 가지게 되었습니다.

밤에 셋은 원래 모습으로 되고, 자매는 매일 매일 할머니 어깨를 두드려 주었습니다.

逃げ出せる方法も見つからないままでしたが、一日も早く自分達の家に帰りたいと思って暮らしていました。

雨の日も風の日も一日も休まずに高い梢から

「お父さーん、お母さーん。」

と、呼び続けました。

三羽の鳥の涙で柔らかだった新芽もだいぶ大きな葉をつけるようなっていました。

夜には三人とも元の姿に戻り、姉妹は、毎日毎日おばあさんの肩をたたいてあげました。

할머니 어깨는 언제나 두 자매의 눈물로 푹 젖어있었습니다.

할머니는 시키는 대로 잘 지켜 주는 아이들이 귀엽다면서 좋아했습니다.

그러나 아무리 잘해주어도 집에 가고 싶은 마음은 변할 수 없습니다. 밤에 잘 때는 셋이 모두 한방에서 나란히 누워 잤습니다.

어느 날 밤, 두 자매는 똑같은 꿈을 꾸었습니다.

おばあさんの肩はいつも二人の涙でびっしょりに濡れました。

おばあさんは言いつけをよく守る子供達をよく可愛がってくれました。

しかし、どんなにやさしくしてもらっても、家に帰りたい気持ちは変わりませんでした。眠る時は、皆同じ部屋で並んで眠りました。

ある時、姉妹は同じ夢を見ました。

꿈속의 엄마, 아빠는 아주 쓸쓸한 얼굴을 하고 있었습니다. 아이들이 엄마, 아빠에게 응석 부리려고 해도 엄마, 아빠는 두 아이들이 보이질 않습니다.

거기서 잠이 깼습니다. 자매는 꿈 다음 장면을 보고 있는 듯이

"엄마, 아빠, 우리들은 여기에요! 여기 있어요!"

하고는 또 울기 시작했습니다. 그 뒤로는 매일 매일 똑같은 꿈을 꾸었습니다.

자매는 엄마, 아빠가 아무리 꾸중을 해도 엄마 품속에서 잤던 일, 아무리 큰소리로

夢の中のお父さんお母さんはとても寂しい顔をしていました。子供達が甘えようとしても二人の姿がお父さん、お母さんには見えないのです。

そこで目が覚めました。姉妹は夢の続きを見ているように

「お父さーん、お母さーん私達はここよー、ここにいるわー。」

と、言って泣き出しました。それから毎日同じ夢を見ました。

姉妹はお父さんお母さんにどんなに叱られてもお母さんの胸で眠ったこと、どんなに大

야단치면서도 상냥했던 아빠의 눈, 이런저런 지난날의 일들이 가슴 뭉클하면서 머릿속을 스쳐 갑니다.

"아아, 우리들은 나쁜 아이였어! 우리들을 위해서 꾸중하신 것을. 아아 하나님, 적어도 한 번만이라도 엄마, 아빠를 만나게 해주십시오."

하고 빌었습니다.

어느 날 동생이 말했습니다.

"언젠가는 집에 갈 수 있다고 믿고 살아왔는데, 이제는 영영 엄마, 아빠를 다시는 만나지 못하게 되는 거지."

きな声でどなってもやさしかったお父さんの目、色々な出来事が胸の中におしよせてきます。

「あぁ、私は悪い子だったわ。私のことを思って叱ってくれていたのに。あぁ神様、せめてもう一度お父さん、お母さんに逢わせて下さい。」

と、祈りました。

ある日、妹が言いました。

「いつかは家に帰れると信じて暮らして来たけれど、このままお父さん、お母さんには二度と逢えないのね。」

하면서 또 울기 시작했습니다. 언니도 그만 견딜 수 없어 함께 울기 시작했습니다.

언제까지나 울음을 그칠 줄 모르고 있는 자매의 모습을 보고 할머니는 난처해졌습니다.

그리고 할머니는 두 소녀를 끌어안고서

"앞으로 반년만 기다려주면, 그러면 너희들을 집에 돌려 보내주겠다."

고 말했습니다.

한 달, 두 달하고 세월이 지나갔습니다. 수풀에는 흰 눈이 조금씩 내리기 시작하여 자매는 따뜻한 마음으로 차가운 눈도 녹아내리는 것을 느끼고 있었습니다.

と、言って泣き出しました。姉もとうとう我慢が出来ずに一緒に泣き出しました。

いつまでも泣き止む様子もなく泣き続ける姉妹の姿を見て、おばあさんは困り果てました。

そして、おばあさんは二人を抱きしめて

「あと半年待っておくれ。そうしたらお前達を家へ帰してやるよ。」

と、言いました。

一ヶ月、二ヶ月と月日が流れて行きました。森には白い雪がちらつきはじめ、二人は冷たい雪でさえ暖かい心で解けていくのを感じていました。

3개월, 4개월 지날 무렵에는 이제 새가 되어 날아다니는 일도 없고, 매일 집안에서 시간을 보내고 있었습니다.

두 소녀는 할머니에게 수풀 바깥의 이야기를 눈을 반짝이면서 들려주기도 하고, 건너편에서 보는 수풀이 얼마나 아름다운지에 대해서도 이야기해주기도 했습니다.

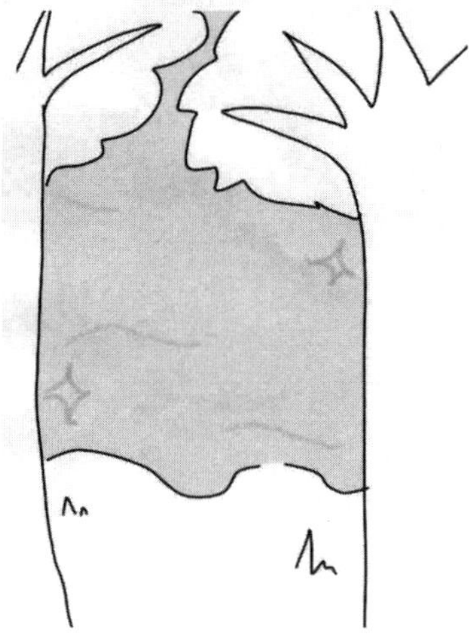

할머니는 이따금씩 슬픈 얼굴을 하면서 창밖을 내다보고는

三ヶ月、四ヶ月と過ぎる頃にはもう鳥になって飛ぶことも無く毎日家の中で過ごしていました。

子供達はおばあさんに森の外の話を目を輝かせて話したり、向う岸から見るこの森の美しさなど、話して聞かせたりしていました。

おばあさんは時々悲しそうな顔をして、窓の外を見つめて

"후……."

하고 짧은 한숨을 쉬었습니다.

5개월째가 될 무렵에는 할머니는 혼자서 눈 내리는 수풀 속으로 자주 나가게 되었습니다. 그리고 돌아올 때는 언제나 힘없이 황금색 지팡이에 의지하면서 한 걸음 한 걸음 나아갔습니다.

나날이 여위어 가는 할머니를 자매는 진심으로 걱정했습니다. 그리고 따뜻하게 말했습니다.

"할머니, 우리들은 계속 여기 있을 거예요. 이제 집에 안 돌아가도 아무렇지도 않아요.

「フゥー」

と、短い溜息をつきました。

五ヶ月目に入る頃にはおばあさんは一人で雪の森へよく出掛けるようになりました。そして、帰る時はいつも力が無く金の杖に頼るように一歩一歩踏みしめていました。

日に日に痩せていくおばあさんを子供達は心から心配しました。そして、優しい言葉で話しかけました。

「おばあさん、私達はずっとここに居るわ。もう家に帰らなくても平気よ。だから元気を

그러니깐 힘내세요."

소녀들은 진심으로 그렇게 말했습니다. 1년 가까이 함께 살아오는 동안에 할머니의 상냥함과 쓸쓸함이 소녀들에게 전해져 그들의 작은 가슴을 아프게 했던 것입니다.

할머니는 침대에 누워서 말했습니다.

"눈이 녹으면 너희들은 집에 돌아가거라. 수풀에서 가장 큰 나무의 새싹도 그때 이후 아주 많이 컸지. 이제는 강 건너 땅까지 충분히 닿을 만큼 높이 자랐단다. 내가 매일 조금씩 도끼질을 해놓았으니 나머지는 봄바람이 넘어뜨려 주겠지.

出してね。」

子供達は心からそう言いました。一年近く一緒に暮らすうちに、おばあさんの優しさと寂しさが子供達の胸にも宿り小さな心を痛めるようになっていました。

おばあさんはベッドに体を横たえて言いました。

「雪が解けたらお前達はお帰り。森の一番大きな木の新芽もあれからずいぶん大きくなってね。もう向う岸までは充分届く高さになったよ。私が毎日少しずつオノを入れておいたからあとは春風が倒してくれるだろうよ。

그렇게 되면 나무 따라 바로 가면 되겠지."
하고 말했습니다.

소녀들은 할머니에게 매달려서 울었습니다.

이제 눈도 녹아서 창문으로 부드러운 햇볕을 쬐는 계절이 되었습니다.

다만 할머니는 점점 여위어져 가기만 하여, 소녀들은 어떻게 할머니가 기운을 차리게 할 수는 없을까 하는 생각뿐이었습니다.

그리고

"할머니, 우리와 같이 강 건너 우리 집에 가요. 그리고 모두 사이좋게 살아요."

そうしたら真っすぐに進むがいいよ。」
と、言いました。

　子供達はおばあさんにすがって泣きました。

　雪も溶けて、窓には柔らかい日差しが差し込むようになってきましたが、おばあさんは痩せ細るばかりで、子供達は、どうにかおばあさんを元気づける方法はないものかと、いつも考えていました。

　そして、

「おばあさん、私達と一緒に向う岸の私達の家へ行きましょう。そして、皆で仲良く暮らしましょう。」

라고 말했습니다. 할머니는 두 눈에 눈물을 가득 담고서 여윈 손으로 두 자매를 꼭 껴안았습니다.

"마침내 헤어질 때가 되었구나. 2, 3일만 지나면 저 나무도 넘어져 버리겠지. 너희들과 같이 지낸 날이 얼마나 즐거웠는지 몰라."

하고 말했습니다.

그로부터 2, 3일 지나서 할머니가 말한 대로 봄맞이 첫 강풍이 불어 닥쳤습니다.

と、言いました。おばあさんは目にいっぱい涙を溜めて、痩せ細った手で皆を抱き寄せると

「とうとうお別れだね。あと二、三日もすればあの木も倒れてしまうだろう。皆と暮らした毎日がどんなに楽しかったか知れないよ。」

と、言いました。

それから、二、三日経っておばあさんが言っていた通りに、春一番が吹き荒れました。

수풀의 수목은 와글거리고 마치 녹색 태풍처럼 창문을 두드렸습니다. 소녀들은 할머니를 둘러싸고 떨고 있었습니다.

할머니는 띄엄띄엄 말을 이어

"곧 그칠 거야. 걱정 안 해도 된다."

고 말하고는 눈을 감았습니다.

잠시 후, 폭풍은 할머니 몸속에도 들어왔습니다. 더 이상 소녀들의 말소리도 들리지 않은 듯 고통스럽게 숨 쉬고 있습니다. 소녀들은 두 손 모으고 필사적으로 빌었습니다.

"부디 할머니를 살려주십시오."

森の木がざわめき、まるで緑色の嵐のように窓を叩きました。子供達はおばあさんを囲んで震えていました。

　おばあさんは、声をとぎれとぎれに

「じきに止むよ、安心おし」

と、言って目を閉じました。

　しばらくして嵐は、おばあさんの体の中にも入って来ました。もう子供達の声さえ聞こえないふうで苦しそうに息をついています。子供達は手を合わせると必死に祈りました。

「どうぞ神様、おばあさんを助けてください。」

하고, 막 그때였습니다. 우지직하고 하늘이 두 쪽 나는 것 같은 큰소리가 나는가 했더니, 땅이 갈라지는 듯한 굉장한 땅의 울림소리가 났습니다.

할머니의 그 큰 나무가 마침내 땅에 넘어졌습니다. 그와 동시에 할머니는 침대 위에서 하나의 지팡이가 되어 가로 놓여 있었습니다.

자매는

"할머니는 틀림없이 천국에 가셨을 거야."

と、その時です。メリメリメリッと、空を引き裂くような音がしたかと思うと、ドドドドドドッと、大地が裂けるような物凄い地響きがしました。

　おばあさんの木がとうとう倒れてしまったのです。それと同時におばあさんはベッドで一本の杖となって横たわっていました。

姉妹は

　「おばあさんはきっと天国に行かれたのよ。」

하고 이번에는 그 지팡이를 껴안았습니다.

폭풍은 어느덧 그쳐 있었고, 자매와 개 셋은 밖으로 나갔습니다.

"이때까지 많은 일이 있었지만, 할머니에 대해서는 언제까지나 잊지 못할 거야."
하면서 이별의 눈물을 언제까지나 흘렸습니다.

이제 황금빛 호수는 본래의 모습으로 바뀌어 있었습니다.

어디서 왔는지 물새들이 수면에 꼬리를 끌고 있습니다. 나뭇가지에는 다람쥐도 있습니다. 새들도 벌레들도 있습니다. 수풀에는 이미 봄이 와 있었습니다.

と、言って、その杖を抱きしめました。

嵐はいつの間にか止んでいました。三人は外に出ると

「色々なことがあったけれど、おばあさんのことは何時までも忘れないわ。」

と、言って、さようならの涙をいつまでも流しました。

もう金色の湖は元の湖に変わっていました。

どこから来たのか水鳥たちが水面に尾を引いています。木の枝にはリスも居ます。小鳥も居ます。虫も居ます。森の中にはもう春が来ていました。

여기저기서 새들이 합창을 하기 시작했습니다. 버섯도 수줍은 듯이 땅 위로 얼굴을 내밀고 있습니다. 셋은 두 손을 펴고 함께 날아다녔던 지난날을 그리워하면서 새처럼 달렸습니다. 개는 제일 먼저 달리다가 할머니 나무를 발견하고 두 자매를 불렀습니다.

수풀 안이 갑자기 떠들썩해졌습니다. 천국에 계신 할머니도 틀림없이 기뻐하면서 보고 있겠지요. 땅에 쓰러진 큰 나무는 끝이 어디인지 알 수 없을 정도로 길게 뻗어 있어서 그들이 귀가하는 데에 길잡이가 되었습니다.

あちこちから鳥たちが合唱しはじめ、きのこもひょっこり顔を出しています。三人は両手を広げると、皆で飛び回った日々を懐かしく思い出し、鳥のように走りました。犬は一番先に走って行くと、おばあさんの木を見つけて姉妹を呼びました。

森の中が急に賑やかになって、天国のおばあさんもきっと喜んで見ていることでしょう。大きな木はどこまでも続いていましたから、道しるべになりました。

셋은 빨간 바구니 속에 추억거리를 가득 담고 수풀 밖으로 나왔습니다. 봄날의 시냇물은 푸른 하늘과 흰 구름이 물속에서 떨어졌다가 붙었다가 하면서 흘러가고 있었습니다. 집에 이르자

"엄마, 아빠!"

하고 큰 소리로 불렀습니다. 하지만 대답이 없습니다. 자매는 얼굴을 마주 보면서 다시 한 번 더 크게 불렀습니다.

그러자 집안에서

"누구신지요."

하는 힘없는 소리가 났습니다.

三人は赤いバスケットに思い出をいっぱい詰め込んで森を出ました。春の小川には青い空と白い雲がちぎれたり、くっついたりしていました。そしてなつかしいなつかしい我が家にかけつけて、

「お父さーん、お母さーん。」

と、大声で叫びました。しかし、返事がありません。姉妹は顔を見合せて、もう一度さっきよりも大きな声で呼びました。すると、家の中から

「どちらさまでしょう。」

と、力のない声がしました。

엄마도 아빠도 아이들이 없어지고 나서 너무 걱정한 나머지 병에 걸려 버린 것입니다.

자매는 손을 더듬으면서 방문을 열고 나온 바싹 마른 엄마, 아빠 손을 꼭 잡고 울었습니다. 눈물은 쉬지 않고 끝도 없이 흘렀습니다. 엄마, 아빠도 감겨진 눈에서 큰 눈물방울을 수없이 떨구면서 두 아이를 힘껏 껴안고

"아아, 죽었는지 알았는데 아이들이 살아서 돌아왔구나." 하고 쓰러져 울었습니다.

둘째 아이마저 없어지고 난 1년 동안의 나날은, 엄마, 아빠를 병들게 했고, 눈마저도 안

お父さんもお母さんも子供達が居なくなってから、心配のあまりに病気になっていました。

姉妹は、手探りで出てきたお父さんお母さんの痩せ細った手を握り締めて涙を流しました。涙はあとからあとから溢れてきました。お父さんもお母さんも閉ざされた目から大きな涙の粒をいくつも流して子供達を抱き締めると

「あぁー死んだと思っていた子供達が帰って来た。」

と、言って泣き崩れました。

子供達が居なくなって一年の月日は、懐かしいお父さんお母さんを病気にし、目まで見

보이게 되어 버린 것입니다. 꽃밭도 몹시 황폐해지고 살던 집도 허술하게 변해버렸습니다.

아이들은 자신들이 범한 죄를 바로 눈앞에 두고 평생 동안 부모님에게 효도하지 않으면 안 되겠다고 마음속 깊이 뉘우쳤습니다.

다음 날 아침, 자매는 일찍 일어나자 수풀이 보이는 쪽 창문을 열었습니다. 건너편 수풀은 이제 황금색 새도 아름다운 큰 나무도 보이지 않습니다.

비록 수풀 모양은 변했지만, 자매들의 마음속에는 언제까지나 변하지 않는 마음의 수풀 속에서 할머니는 계속 살아가실 것입니다.

えなくしていました。花畑もすっかり荒れ果て、住み慣れた家もすっかり変わり果てていました。

子供達は自分達の犯した罪を今、目の前にして、一生かかってでも親に心配かけた分親孝行をしなくてはならない、と、心に言い聞かせました。

あくる朝、姉妹は早く起きると森の見える窓を開けました。向う岸の森にはもう、金色の鳥も、美しい大きな木も見られません。

たとえ森の形は変わっても、姉妹の心にはいつまでも変わらない心の森の中で、おばあさんは生き続けていくはずです。

그리고 수풀에서 바라보는 우리 집이 그렇게도 아름다워 보였던 일은 잊을 수 없는 추억이 되어, 변해버린 우리 집과 모든 것을 다시 되돌리기 위해 자매가 서로 도우면서 열심히 일했습니다.

그로부터 5년의 세월이 지났습니다. 그동안 두 자매가 힘써 왔던 일 하나하나가 꽃피어서 엄마, 아빠의 병도 좋아져서, 눈도 보이게 되고, 꽃밭도 옛날보다도 더 아름답게 피었습니다. 옛날 집은 할머니의 큰 나무를 써서 새집을 지었습니다.

そして、向う岸から見た我が家の美しかったこと、今はすっかり変わってしまった何もかもを、姉妹は助け合いながら、もう一度、取り戻そうと頑張りました。

それから、五年の月日が流れました。二人が頑張ってきたものが一つ、一つ、花開くように、お父さん、お母さんの病気も良くなって、目も見えるようになりました。花畑も昔以上に咲き誇り、古くなった家は、おばあさんの大きな木で建て直しました。

그리고 할머니가 남기고 간 지팡이는 두 번 다시 부모님에게 심려를 끼치지 않는다는 경계의 표시로 새집 지붕 한가운데에 꽂았습니다.

두 자매의 부모에 대한 효도의 소문은 마을에서 마을로 전해졌습니다.

많은 사람들이 먼 곳에서

"수풀 아이들은 세계 제일의 효녀다."

고 아이들에게 말하고 있답니다.

자매의 상냥한 마음의 황금빛 새는 지금도 할머니의 지팡이 주변을 날고 있는 것이에요.

そして、おばあさんの残していった一本の杖は、もう二度と親に心配かけないようにと、戒めとして、新しい家の屋根の真ん中に挿しました。

二人の親孝行の娘の話は、村から村へ広がり、多くの人々が遠くから

「森の娘は世界一の親孝行者だ。」

と、言って子供達に言い聞かせているそうです。

姉妹の優しい心の金の鳥は今でも、おばあさんの杖の周りを飛んでいるのですよ。

자, 보세요. 당신에게도 보이지요.

지은이 데라구치 히사꼬
번역 성봉숙

ほら、あなたにも見(み)えるでしょう。

おわり

시 詩

좋아하는 것들

데라구치 히사꼬
번역: 가와하라다 노리코

밤이 싫어
하지만 달과 별은 좋아

여름이 싫어
하지만 팥빙수는 좋아

겨울이 싫어
하지만 눈은 좋아

밤도 여름도 겨울도 싫지만
좋아하는 것들이 거기에 있다

好きなもの

てらぐち　ひさこ

夜は嫌いだ
でも、月と星は好き

夏は嫌いだ
でも、あずき氷は好き

冬は嫌いだ
でも、雪は好き

夜も夏も冬も嫌だけど
好きなものがそこにある

구름과 바람과 꿈

데라구치 히사꼬
번역: 가와하라다 노리코

흰 구름은 바람을 타고
세계를 돌고

나는 흰 구름을 우러러보며
꿈을 꾼다

구름과 바람과 꿈이
만나는 하늘은 파랗다

雲(くも)と風(かぜ)と夢(ゆめ)

てらぐち　ひさこ

白(しろ)い雲は風に乗(の)って
世界(せかい)を巡(めぐ)り

私(わたし)は白い雲を仰(あお)ぎ見(み)
夢を巡(めぐ)らす

雲と風と夢が
出合(であ)う空(そら)は青(あお)い

근무

데라구치 히사꼬
번역: 가와하라다 노리코

하늘은 환해지고
초승달과 별 하나
아침 해가 떠오를 때까지
근무하심을 감사합니다

おつとめ

てらぐち　ひさこ

空は白白として
三日月と星が一つ
朝日が昇るまで
おつとめありがとう

친구

데라구치 히사꼬
번역: 가와하라다 노리코

세계의 언어를 할 수 있으면 좋겠어
세계에 친구가 있으면 좋겠어

비행기를 타고
배를 타고
전파를 타고
친구와 만나 이야기할 수 있는
세계의 언어가
하나라면 좋겠어

友達

てらぐち　ひさこ

世界の言葉が話せたらいいな
世界の友達がいたらいいな

ひこうきに乗って
船に乗って
電波に乗って
友達と会って話せる
世界の言葉が
一つだといいな

즐겁네

데라구치 히사꼬
번역: 가와하라다 노리코

즐겁네 즐겁네
새 소리
벌레 소리
개구리 소리
모두 모두 노래가 되네

즐겁네 즐겁네
바람 소리
비 소리
눈 오는 소리
모두 모두 악기가 되네

楽しいな

てらぐち　ひさこ

楽しいな　楽しいな
鳥の声
虫の声
蛙の声
みんな　みんな歌になる

楽しいな　楽しいな
風の音
雨の音
雪の音
みんな　みんな楽器になる

벌레

데라구치 히사꼬
번역: 가와하라다 노리코

방울벌레가 울었다
한 마리 울더니
두 마리 울기 시작하고
잇따라 여러 벌레들이 울기 시작했다
여기서도 저기서도 우는 소리
귀 기울일수록
귀 기울일수록
슬픈 소리의 벌레 이야기

虫

てらぐち　ひさこ

鈴虫が鳴いた
一匹が鳴いたら
二匹が鳴き出した
続いて色んな虫が鳴き出した
あっちも　こっちも鳴き出した
聞き入るほどに
聞き入るほどに
哀しい声の虫語り

스웨터

데라구치 히사꼬
번역: 가와하라다 노리코

고드름이 달려
딱딱해진 스웨터
추워 보이는 스웨터
햇볕에 녹고 마르면
부드럽고 따뜻한
좋아하는 스웨터

セーター

てらぐち　ひさこ

氷柱(つらら)たらして
カチカチのセーター
寒(さむ)そうなセーター
お日様(ひさま)にとけてかわいたら
やわらかくて　あたたかい
お気(き)に入(い)りのセーター

선풍기

데라구치 히사꼬
번역: 가와하라다 노리코

깨어나 보니
그저 계속 돌면서
나의 피부를 산들산들 어루만지고 있는
상냥한 선풍기 바람

아침 인사는 오늘도
"감사해요"부터

扇風機(せんぷうき)

てらぐち　ひさこ

目覚(めざ)めると
ひたすら回(まわ)り続(つづ)け
私(わたし)の肌(はだ)をサワサワとなぜている
やさしい扇風機の風(かぜ)

朝(あさ)の挨拶(あいさつ)は今日(きょう)も
ありがとうから

안경

데라구치 히사꼬
번역: 가와하라다 노리코

할아버지의 안경
형님의 안경

작은 글씨라도 잘 보인다는 안경

잠시 빌려 써보았지만
눈앞에 안개가 껴서
나에겐 아무것도 보이지 않는

신기한 안경

メガネ

てらぐち　ひさこ

おじいさんのメガネ
お兄(にい)ちゃんのメガネ

小(ちい)さな字(じ)でも良(よ)く見(み)えるというメガネ

ちょいと拝借(はいしゃく)して見たが
目(め)の前(まえ)に霞(かすみ)がかかり
僕(ぼく)には何(なに)も見えない

不思議(ふしぎ)なメガネ

손

데라구치 히사꼬
번역: 가와하라다 노리코

아버지 손
어머니 손
따뜻한 손
상냥한 손

그리고 엄하게
나를 감싸주는
믿음직한 손
그리운 손

手(て)

てらぐち　ひさこ

父(ちち)の手
母(はは)の手
暖(あたた)かい手
優(やさ)しい手

そして厳(きび)しく
私(わたし)を包(つつ)んでくれる
頼(たの)もしい手
懐(なつ)かしい手

앨범

데라구치 히사꼬

번역: 가와하라다 노리코

바람을 가르고
마음껏 그네를 타던 그날
친구와 함께
시소를 타고
술래잡기도 하며
고무줄놀이도 했다

지금은 모두 모두
'옛날'이라는 지나가버린 바람 속

눈을 감으면
마음의 앨범에서 훌훌 튀어나오는
작은 추억들

마음의 앨범은
추억으로 가득 찬
나의 소중한 보석함

아무도 볼 수 없고
아무도 훔쳐갈 수 없는
나의 보물

アルバム

てらぐち　ひさこ

風（かぜ）を切（き）って
おもいっきり　ブランコをこいだ　あの日（ひ）
友達（ともだち）と
シーソーに乗（の）り
鬼（おに）ごっこもし
ゴムとびもした

今（いま）は　みんな　みんな
昔（むかし）という　過（す）ぎ去（さ）った風の中（なか）

目を閉じると

心のアルバムから　パラパラと　飛び出してくる

小さな思い出たち

心のアルバムは

思い出のぎっしりと詰まった

私の尊い宝石箱

誰にも覗かれず

誰にも盗まれない

私の宝物

모두의 하늘

데라구치 히사꼬
번역: 가와하라다 노리코

하늘이 없는 나라는 없다
별도 달도 태양도
떠오르지 않는 나라는 없다

같은 하늘 아래
왜 사람들은 싸우는 걸까

별도 달도 태양도
모두 사람을 위해
아름답게 빛나는 걸

마음의 하늘
온 인류의 하늘
맑고 맑은 하늘

みんなの空（そら）

てらぐち　ひさこ

空のない国（くに）はない
星（ほし）も月（つき）も太陽（たいよう）も
昇（のぼ）らない国はない

同（おな）じ空の下（した）
どうして人（ひと）は争（あらそ）うのだろう

星も　月も　太陽も
みんな　人のために
美（うつく）しく輝（かがや）いているのに

心(こころ)の空

全人類(ぜんじんるい)の空

澄(す)みきった空

꿈

데라구치 히사꼬
번역: 가와하라다 노리코

눈을 감으면
뭐든 꿈이 이루어진다

작은 새가 되어 하늘을 날고
물고기가 되어 파란 바다를 헤엄치고
나비가 되어 꽃밭을 팔랑팔랑

그리고 우주까지 날아가
별의 세계까지도 갈 수 있어

좋아하는 것은
피자 케이크 아이스크림
무엇이든지 원터치

갑자기 군침이 돌 때면
꼬르륵 꼬르륵 배꼽시계가 울린다

夢

てらぐち　ひさこ

目をつぶれば
なんでも夢がかなう

小鳥になって空をとび
魚になって青い海を泳ぎ
ちょうちょになって花だんをひらりひらり

そして宇宙までとんでいって
星の世界へも行ける

好(す)きなものは
ピザ、ケーキ、アイスクリーム
なんでも　かんでもワンタッチ

急(きゅう)につばがでてきて
おなかの虫(むし)がグーっとないた

풀베기

데라구치 히사꼬
번역: 가와하라다 노리코

할아버지께서 낫을 드시고
할머니께서도 낫을 드신다
아버지께서 낫을 드시고
어머니께서도 낫을 드신다

사마귀와 같이 낫을 휘두르고
땀을 닦고 또 닦고 낫을 드신다
부지런히 부지런히 낫을 드신다

할아버지도
할머니도
아버지도
어머니도

사마귀 같아

草(くさ)かり

てらぐち　ひさこ

おじいさんも、カマを持(も)ち
おばあさんも、カマを持ち
お父(とう)さんも、カマを持ち
お母(かあ)さんも、カマを持ち

カマキリみたいにカマをふる
汗(あせ)をふきふきカマをふる
せっせ　せっせとカマをふる

おじいさんも
おばあさんも
お父さんも
お母さんも

カマキリみたい

마음의 창

데라구치 히사꼬
번역: 가와하라다 노리코

마음의 구멍은 윙윙대고
쓸쓸한 바람의 길이 되었네

마음에 구멍이 생겼다면
마음에 창문을 만드세요

하얀 레이스의 커튼과
일곱 색깔 무지개를 걸치세요

꿈으로 부풀은 흰 구름
밤에는 빛나는 달과 별

그리고 항상 태양을
마음의 창문에 장식해 봐요

항상 미소로 열어 보세요

心の窓

てらぐち　ひさこ

心の穴はヒューヒューと
淋しい風の吹き通り

心に穴が開いたなら
心に窓を作りましょう

白いレースのカーテンと
七色の虹かけましょう

夢がふくらむ白い雲
夜は輝く月と星

そしていつも太陽(たいよう)を

心の窓に飾(かざ)りましょう

いつも笑顔(えがお)で開(ひら)きましょう

向う岸の森

건너편 언덕의 숲

인쇄 2016년 9월 23일
발행 2016년 10월 3일

지은이 / 데라구치 히사꼬
번 역 / 성 봉 숙
시번역 / 가와하라다 노리코
펴낸이 / 김 창 석
펴낸곳 / 홍 익 출 판 사

주소 / 대구시 중구 명륜로23길 38-4
전화 / 053) 421-6700, 427-3627
팩스 / 053) 423-5965
등록번호 / 1987년 11월 26일 제1-107호
E-mail / hongick88@hanmail.net

정가 10,000원

ISBN 978-89-7826-276-7 73810

• 잘못 만들어진 책은 교환해 드립니다.

「이 도서의 국립중앙도서관 출판예정도서목록(CIP)은 서지정보유통지원시스템 홈페이지(http://seoji.nl.go.kr)와 국가자료공동목록시스템(http://www.nl.go.kr/kolisnet)에서 이용하실 수 있습니다.(CIP제어번호: CIP2016023058)」

向う岸の森

印刷 2016年 9月 23日
発行 2016年 10月 3日
作者 / てらぐち ひさこ（寺口緋紗子）
翻訳 / 成鳳淑
詩翻訳 / かわはらだ のりこ（川原田典子）
発行者 / 金チャンソク
編集 / 弘益出版社
住所 / 大邱市中区明倫路23道38-4
電話 / +82-53-421-6700, 427-3627
FAX / +82-53-423-5965
登録番号 / 1987年11月26日 第1-107号
E-mail / hongick88@hanmail.net
定価 10,000
ISBN 978-89-7826-276-7 73810

この本の国立中央図書館、出版予定図書目録(CIP)は
書誌情報流通支援システム(http://seoji.nl.go.kr) 及び
国家資料共同目録システム(http://www.nl.go.kr/kolisnet)
にて御利用いただけます。（CIP制御番号: CIP2016023058）